같은 이름
다른 책

엄마는 모르는
아빠의 리얼 육아 스토리

집으로 출근

글·그림 전희성

북클라우드

이 세상의 모든 아이들이 그렇듯이 나도 어릴 적 만화 보기를 삶의 전부이자 목적으로 두고 살았다. 보는 것뿐 아니라 그리는 것도 좋아해서, 일상대부분을 만화와 함께했다. 한때 만화가가 꿈인 적도 있었으나 결국 이루지는 못하였고, 그 갈증 때문이었는지 언제나 낙서하고 끄적거리곤 했다.

세월이 흐르고 흘러 어느새 30대 중반이 되었다. 그동안 사랑하는 사람을 만나 결혼을 했고, 두 아이의 아빠가 되었다. 매일 똑같은 일상에서 아직 아기라고만 생각했던 첫째 아들이 부쩍 컸다는 걸 느낀 그날부터, 아이들과 보내는 하루하루를 그냥 흘려보내는 게 아깝다는 생각이 들었다. 그리고 먼 훗날 지금 이 순간을 아주 많이 그리워할 거라는 걸 짐작할 수 있었다.

아이들은 하루가 다르게 성장했다. 어제와 오늘이 다르고, 어느 때는 오전과 오후가 다르다고 느껴질 정도로 아이들에게 1일은 마치 어른의 1년과같았다. 그 시간을 오랫동안 기억하고 싶어서 그림을 그리기 시작했다. 아이들과의 소소한 일상과 아내와의 에피소드, 사회생활을 하면서 느끼는 감정들을 꾸밈없이 그려서 SNS에 올렸다. 그저 내가 기억하고 싶어서 시작한일이었는데, 주변으로부터 재밌다는 평가를 받았다. 그 후 감사하게도 SNS방문자 수가 점점 늘어났고, 네이버 〈맘·키즈〉에서 육아 웹툰을 연재하게되면서 더 많은 분들에게 사랑받게 되어 이렇게 책을 출간하게 되었다.

가족과 나의 이야기를 그림으로 남긴다는 것은 그 자체로 무척 유의미하며 행복한 일이다. 인생이 매일 반복되는 일상의 연속이라고 하지만, 그안을 들여다보면 새로운 것들이 가득하다. 특히 아이를 키운다는 것은 늘

새로움의 연속이다. 우리가 눈치 채지 못하고 보내는 감동의 순간들과 영원히 잊어서는 안 될 반성의 시간들이 있고, 나는 그런 이야기를 남기고 싶었다.

엄마의 육아 일기와는 다른 아빠만이 할 수 있는 육아 이야기를 하고 싶었다. 그것은 실제로 굉장히 어려웠다. 지금까지 아이들과 많은 시간을 보냈다고 생각했는데, 예상과 달리 에피소드가 별로 없었다. 함께하는 시간이 부족했거나, 그 시간에 집중하지 않았다는 걸 알았다. 그 후 나는 아이들과 더 많은 시간을 보내고자 노력했고, 그 시간에는 아이들에게만 집중했다. 그러자 육아에 매진하느라 '나'를 접고 엄마로만 살아가는 아내를 대하는 태도에도 변화가 생겼다. 그저 내 어릴 적 꿈과 아이들과의 추억을 잊지 않기 위해 시작한 일이었는데, 이 육아 일기는 나에게 큰 의미가 되었다.

'육아'라는 게 아이만을 키우는 게 아니라 아빠도 함께 크는 것이라는 걸 겪어보니 너무 잘 알겠다. 이 시대를 힘겹게 살아가는 모든 아버지들께 박수를 보내고 싶다. 물론 이 세상의 모든 어머니들에게는 존경까지 얹어서 박수를 보낸다. 마지막으로 건강하게 자라주는 아들 재이와 늘 신선한 영감을 주는 소중한 딸 소이, 그리고 다음 생에는 서로 사랑만 하자는 사랑하는 아내 유정이에게 이 책의 모든 수익을 바친다.

2017년 1월
전희성

CONTENTS

① 또 다른 우주가 열리다

02 설레고 뭉클한 두 번째 이름 '아빠'

03 너와 함께 나도 자란다

(04) 나는 대한민국 99% 육아빠

05 그렇게 아버지가 된다

And 나는 여전히 자유를 꿈꾼다

아빠

현직 디자이너 외벌이 가장(37세)

담당 청소, 생활비

특기 쓰레기 버리기, 아이 목욕시키기,
아이와 놀아주다가 이겨먹기

취미 그림그리기, 게임

엄마

디자이너 출신 프로 주부(34세)

담당 남편이 하지 않는 모든 집안일,
모든 육아

특기 지치지 않고 쇼핑하기

취미 TV 시청

아들

1호기 프로장난꾼(4세)

담당 장난, 사고

특기 장난치기, 아빠엄마한테 연기하기,
2호기 원망하기

취미 킥보드 타기

딸

2호기 파괴왕(2세)

담당 애교

특기 주변에 있는 사람들의 모든 행동
따라 하기

취미 오지랖 떨기, 1호기가 가진 모든 것 파괴하기

세상의 중심이 바뀌는 시점.

네 존재의 알림이 아니었다면

평생 느끼지 못했을

생소하면서도 찡한 인생 전환의 맛.

01

또 다른
우주가 열리다

시작도 끝도 창대하리라

기적 같지는 않았어도
인연이었던 것은 틀림없던 만남.

매일매일이
행복했던 연애.

그 사랑이
영원한 결실을 맺게 된 결혼.

두 사람이 만나서
하나가 된 듯한 신혼.

끝인 것 같지만, 이제부터가 진짜 시작이다.

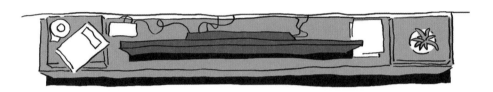

우리는 좋은 부모가 될 수 있을까?

한 번 더 어른

연애 기간이 길어서였는지, 우리는 결혼 후에도 부부보다는 연인에 가까웠다. 결혼식을 올리고 딱 1년이 지나자 약속이라도한 듯이 사방팔방에서 2세 계획을 묻기 시작했다. 그때까지 우리는 아이에 대해 서로 진지하게 고민하거나 의견을 나눈 적이없었다. 그저 언젠가 우리에게도 아이가 생기겠지, 마냥 그런생각만 하고 지냈던 것 같다. 2세에 대한 압박을 처음 받은 그날 우리는 항상 그랬듯이 소파에 앉고 누워서 농담을 나누듯 부모가 되는 것에 대해서 이야기했다. 무게 없는 말들이 숱하게오가다 불현듯 '아직 좋은 남편도 되지 못했는데, 좋은 아빠가될 수 있을까?' 하는 생각이 들었다. "어떻게든 되겠지"라고 말하는 부모는 되고 싶지 않은데…. 자리가 사람을 만든다는 말이 뼈저리게 와닿는 날이었다.

진짜?

오매불망 기다리던 임신 소식.
설레기도 하고 뭉클하기도 하고,
어깨가 묵직한 느낌이 들었다.
발뒤꿈치가 간지럽고,
다리에 힘이 풀려서 주저앉았다.

낯선 감정

임신을 확인하고 돌아가는 길에
여러 가지 의미로 세상이 두려워지기 시작했다.
길 위의 모든 것들이 위험한 듯 느껴졌고,
이제 더 이상 세상에서 제일 중요한 것이
내가 아닌 것 같은 느낌이 들었다.
지금껏 한 번도 느껴보지 못했던 낯선 감정이었다.

'지나왔던 내 생에 이토록 중요한 것이 없었구나' 하는 생각과
'내 남은 생에 가장 중요한 것이 생겼구나' 하는 생각이
동시에 들었다.

집 잘 봐~

상상은 상상일 뿐

어릴 적, 유치원에서 소풍을 갈 때면 부모님과 함께 온 친구들이 그렇게 부러울 수가 없었다. 부모님이 맞벌이를 하셨기 때문에 소풍을 갈 때도 하굣길에 갑자기 내리는 비에도 나는 대부분 혼자였다. 그 기억 때문인지 내가 부모가 된다면, 내 아이에게는 집에 오면 엄마의 존재만으로 따뜻함을 느끼는 그런 환경을 만들어줘야겠다고 다짐했었다. 아내도 나의 그런 마음을 이해하고 동의해줬다. 아내는 임신을 하면서 자연스럽게 일을 그만두었고, 나는 더 크게 자리 잡은 책임감으로 열심히 일해야겠다고 다짐했다.

그런데 퇴근하고 집에 오면 집안일을 시작하는 것 같은 느낌은 나만의 착각인가? 이상하다. 내가 애초에 상상했던 그림은 이게 아닌데….

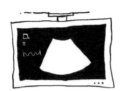

생명의 소리

뭐가 뭔지 모르겠지만 일단 고개를 끄덕이며
"음…"이라고 읊조리자 아내는 나의 시큰둥한 반응에
실망한 듯 눈치를 주었다.
나는 이내 나의 리액션에 잘못이 있음을 깨닫고
울컥하는 마음을 잘 숨기는 듯한 고난도 연기를 펼쳤다.

그리고 곧 마치 내 것처럼 선명하게 들려오는
심장 소리를 듣고 코끝이 찡해졌지만,
괜스레 하늘을 보며 감정을 감췄다.

소리로 확인하는 존재의 가치는
눈으로 확인하는 것보다 왠지 더 강렬했다.

예쁜 쓰레기

우리도 드디어 이런 걸 살 수 있게 됐다며 볼 때마다
눈에 밟히던 유명메이커의 유아용 신발을 구입했다.
실제로 이 신발은 너무 예쁘고 귀엽고 사랑스럽지만
아이가 걸음마를 시작하면 신을 수 없을 정도로 작다.

누구를 위한 것인지도 모르겠고,
'신기기도 벗기기도 어려운 신발 모양의 신생아용 양말'을
다섯 글자로 줄이면 그 유명한

'예쁜 쓰레기'.

네가 원하는 것

좋아하는 배우가 나오는 영화가 개봉했다는 소식에
오랜만에 극장 구경을 하려고 나섰다.
예전 같았으면 상영관으로 바로 직행했을 텐데,
매표소 앞에서 꽤 오랜 시간 회의를 했다.

엄마가 즐거우면 아이도 즐겁다는데
그러면 된 것이 아닌가 하는 의견과
굳이 아이가 보지 않아도 될 것을 보게 하는 것이
좋지 않을 것 같다는 의견으로 나뉘었다.

한참을 고민하다가 아내는 결국 본인이 원하는 것보다
아이가 원하는 것이라 믿는 '매점'에 들러
무언가를 잔뜩 사들고 유유히 사라졌다.

태몽

하늘에서 굉음과 같은 큰 소리가 났다.
커다란 미사일이 나를 향해 날아오고 있었다.
그 크기와 속도에 압도당해 움직일 수 없었다.
몸을 한껏 웅크려 머리 위로 지나가는 미사일을 느꼈다.
그 미사일은 나의 뒤쪽에 있는
두 개의 커다란 구체 조형물 사이에 떨어졌지만 터지지는 않았다.

멍한 상태로 잠에서 깨어나 확신했다.
너는 아주 씩씩하고, 건강한 아이일 거라고.

아무거나

이토록 아무 죄책감 없이
상대방을 괴롭힐 수 있는 단어가 또 있을까?
오늘은 신맛일까 아니면 단맛일까?
그것도 아니면
추억의 그때 그 맛일까?

여긴 어디? 나는 누구?

유모차 종류가
밤하늘의 별만큼이나 많을 줄이야.
나는 여기서 살아 나갈 수 있을까?

베이비페어

시각의 변화

너를 만나고
세상을 보는 눈이 달라졌다.

그랬으면 좋겠다

배가 점점 더 불러오면서 아내는 혼자 일어나기를 힘들어했다.
그런 아내를 일으켜주면서
손을 놓는 척하는 장난을 수십 번도 더해서인지
아내는 일으켜달라는 손을 내밀면서
동시에 넘어지지 않을 준비를 하며 되레 나를 놀렸다.
출산 직전까지 우리에게 가장 재밌었던 놀이를 하면서

'나중에, 아주 나중에도
이렇게 잡아주고 받아주고
웃어주며 살면 좋겠다'는 생각을 했다.

뱃살이 아니야

여유로운 주말, 하루가 다르게 부풀어 오르는
아내의 배를 보며
내년 이맘때쯤이면 우리 함께하겠구나 싶어서
뭔가 찌릿한 느낌이 들었다.

'어서 나오렴, 아빠가 네 전용 쿠션도 만들고 있어.'

최후의 만찬

예정일이 코앞으로 다가오면서 우리가 가장 먼저 한 일은
질 좋은 고기를 맛있는 양념에 재워두는 일이었다.
고기의 힘을 믿는 우리 부부에게 그것은 최후의 만찬이었다.

11시간,
길고 길었던 진통과 출산을 버티게 해준 건
역시나 배신하지 않는 고기의 힘과
너를 만난다는 설렘.

무통주사의 위엄

인생에 단 한 번의 순간.
되돌아오지 않을 소중한 시간.
의학의 발전으로 기억을 남겨둘 수 있으니
감사한 시간.

우리 세 가족이 함께 찍은 첫 가족사진.

치~즈

만우절에 태어난 아들

효자를 낳았구나.
태어나자마자 효도하는 아들이다.
월요일에 태어나준 덕분에
출산휴가를 온전히 다 쓸 수 있게 되었다.
덕분에 온가족이 퇴원과 조리원 입소까지
무리 없이 함께할 수 있었다.

나중에 커서 "오늘이 내 생일이야"라고 말하면
거짓말쟁이 취급을 받을지도 모른다는 것은 유감이지만,
어쨌든 반가워!

건너지 못할 강

소년 인생의 마침표.
철없는 남자의 결승선 통과인 동시에
육아라는 인생 최대의 고생길 오프닝의 커팅 세리머니.

새로운 세계를 만난 날.

생각보다
쉽게 잘리지가 않던...

나의 이름을 불러주었을 때

그에게로 가 꽃이 되었다고 했던가.

생애 두 번째 이름이 생겼을 때

나는 내 존재의 이유를 깨달았다.

02

설레고 뭉클한
두 번째 이름 '아빠'

자기성찰

"이런 속도로 예뻐진다면
원빈, 정우성까지 가는 데 얼마 안 걸리겠는데?"

진지하게 고민하다가
우연히 유리에 비친 내 얼굴을 보았다.
아, 그랬다.

주책

겁이 났지만 든든했고,
어색했지만 따뜻했다.
팔은 가벼웠지만 마음은 무거웠고,
안쓰럽지만 고마웠다.

세상에서 가장 행복했지만,
괜히 눈물이 났다.

세상 밖으로

조리원에서
집으로 가는 날.
이제 우리 셋이서
잘해보자!

이번만 봐줘

엄마처럼 몸에 딱 맞게 안기는 못해도,
근육이 없는데도 몸이 딱딱하게 느껴지긴 하겠지만,
그래도 너를 위해서 일부러 뱃살도 폭신하게 만들어놨는데
이 정도로 울 것까지는 없잖아.

네 생애 나에게 준 첫 서러움.

초보운전인데
경력 좀 자제해주실 수
없나요?

아침이 오고 있다

모든 게 서툴고 어렵지만 가장 어려운 걸 꼽으라면 역시 '재우기'다. 뜬 눈으로 떠오르는 해와 마주하는 날이 많아졌다. 회사에서는 점심을 거르고 엎드려 자기 일쑤고, 커피를 서너 잔씩 마셔도 쏟아지는 졸음 때문에 정신 차리기가 힘들다.

새벽녘 지칠 대로 지친 상태에서 떠오르는 해를 보면 원망스러운 날도 있었는데, 오늘은 뭔가 다르다. 반갑다, 오늘의 태양이여! 오늘도 어김없이 활기차게 솟아올라줘서 고맙다.

4박 5일 해외출장을 앞두고.

화풀이를 하고 있던 건 아닐까...

내가 미안해

산후조리원에서 집으로 온 후 하룻밤도 맘 놓고
푹 잔 적이 없다. 거의 3주 정도를 정상적인 생활
을 못 해서인지 한 번 잠들면 거의 기절하듯 곯아
떨어진다. 맨 정신이 아닌 상태에서 아이를 재우
고, 먹이고, 달래려니 나도 모르게 팔에 힘이 들
어갔나 보다. 나는 아직 부모가 되기에 너무 부족
한 걸까? 한바탕 울고 잠든 너를 보며 코끝이 시
큰해지는 밤.

미안해, 고마워, 사랑해.

물아일체

불같은 육아의 구덩이에서 벗어나고 싶은 나의 욕망과 닮아 있었다.
힘이 드니까 별것도 아닌 것에 쓸데없이 감정이입을 하고 있다.
금방 끝날 거야. 그러니까 조금만 거기에서 기다리고 있어.

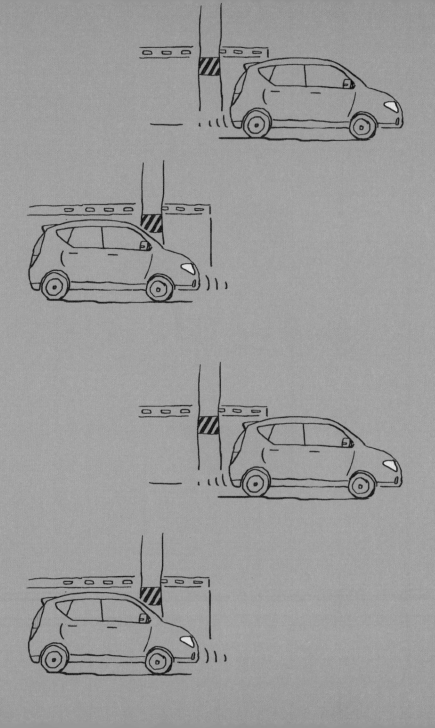

꿈나라,
달나라

휘발유가 들어가는 커다란 바운서.
가장 빠르고, 깊게
꿈나라로 보내는 방법.

이럴수가!

이것도 일종의 금수저인가?

내 생각해서

좀 앉아주면 안 되겠니?

부탁

나도 네 생각해서 회사에 앉아 있잖아!

옹알이

봤어? 들었어?

지금 마치 제2의 도끼(Dok2) 같지 않았어?

또 하나의 고개를 넘다

자책하는 아내에게 해주지 못한 말이
두고두고 가슴에 남았다.
누구나 다 겪고 이겨내는 일인데,
왜 그렇게 힘들었을까?

첫 감기, 첫 소아과

네 책임이 아니야

근무교대

출근하듯 퇴근해서 집에 오면 아내는 이미 녹초가 되어 있다.
하루 종일 혼자서 입 한 번 방긋거리지도 못하고
애썼을 아내를 생각하니 마음이 너무 아팠다.

1시간 후 내 모습을 보는 것 같아서.

즐겨찾기는 모두 너

글로벌 할인 축제에 신나게 장바구니를 채워본다. 갖고 싶었던 유명 브랜드 신발, 사과 마크가 부착된 전자기기, 게임기까지. 저렴한 가격 때문에 닥치는 대로 마구 잡이로 담고 나니 총액이 천만 원이 넘는다. 이것만으로도 이렇게 기분이 좋을 수가 없다. 그중에서 실제로 결제되는 품목은 아기용품뿐이지만, 밀려오는 이 이상한 만족감은 뭘까?

키스마크

허벅지에는 발자국.
양쪽 어깨에는 침 자국.
출근길에 털어내는 아빠의 증거.

엄마~

안 머거-

우웅-

아빠~

그게 나야

'아빠'를 제일 먼저 하는 아이도 있다던데….
아주 잠깐 서운했지만 괜찮아.
엄마를 가장 먼저 불러줘서 고맙고,
좋고 싫고의 표현이 명확해서 오히려 좋고,
잘 먹는 것만큼 중요한 건 없으니까.

남들이 'ㅇㅇ아빠'라고 불러줬을 때까지만 해도
다른 사람을 부르는 것 같아서 어색했는데,
네가 나를 '아빠'라고 부른 그 순간
그제야 진짜 내가 된 것 같았어.

두 번째 내 이름을 불러줘서 고마워.

'엄마, 아빠'를 부를 때,

화장실 문을 닫아달라고 할 때,

궁금한 것과 좋아하는 게 많아졌을 때,

네가 부쩍 컸다고 느끼는 것과 동시에

나도 컸음을 확인한다.

03

너와 함께
나도 자란다

메이데이

처음으로 이를 악 물었다.
언제 이렇게 컸나.

'설득'이라 쓰고

설득

자기만의 고집이 생기면서 여러 가지 회유책을 쓰는데,
그중 가장 잘 통하는 방법이 어쩔 수 없이 협박이다.

'설득'이라 쓰고
'협박'이라 읽는다.

너만의 방식

신발을 혼자 신게 됐다고
칭찬을 하기는 하는데….

왜 자꾸?

매번 반대로 신는
특별한 이유라도 있는 거니?

너도 커봐라

이쪽으로 오게 될 걸.

물론 그쪽으로 안 간다는 말은 아니야.

자기주장

좋아하는 게 생기면서 나와 가장 많이 부딪치는 일.
주말인데도 나를 출근시키려고 하는 일.

나도 좀 보자.
내 돈 주고 산 티비.

황금어장

물 반, 고기 반

깊게 넣지도 못하고
소심하게 입구에서만 서성거려도
히죽거리며 잠드는 너.

꼭꼭 숨어라~

반대로 해야지

"이렇게 하면 안 보이는 거야?"

왜비우스 띠

어제보다 오늘 질문이 하나 더 생겼다면
그만큼 컸다는 증거.

"왜 아파?
왜 다쳤어?
왜 넘어졌는데?
왜 축구했는데?
왜 튼튼해지는데?

근데 왜 아파?"

아이가 크면 서운한 진짜 이유를 발견했다.

"아빠! 카봇이가 두 개야!"

거울

1인자의 기질이 보인다.
돌려 말하기의 1인자.

거울 앞에 돈 놓고 이 돈으로 사자고 해야겠다.

독서

읽어달라는 말은
같이 보자는 말인가 보다.

그걸 네가 어떻게?!

"아빠, 어린이날이 뭐야?"

개척 정신

다 컸구나.
새로운 길도 만들 줄 알고.

근데 우리끼리 정해놓은 규칙도 중요한 거야.

새로운 취미 발견

너 모자 쓰는 거 싫어하지 않았니?

집에 쓰레기통이 없는 이유.

모자는 안 쓰면서 왜!!

조금만 천천히

매일 거리낌 없이 타던 미끄럼틀 위에서
아이가 갑자기 주저한다.

"아빠, 바지가 더러워지면 어떡해?"

미끄럼틀을 보면서 바지에 때가 탈까 봐 걱정하는 건
내가 대신 할 테니,

그런 걱정하지 마.
아직은.

당연하지!

"꽃이가 예뻐!
엄마처럼 예뻐!"

효자

얼마 전까지만 해도 손을 잡아줘야
가까스로 계단을 밟았는데,
이제는 제 몫을 스스로 챙긴다.
기특하면서도 괜히 서운한 마음이 든다.

'근데 그 과자, 네 거잖아….'

알아서 척척척

화장실도 혼자 척척척.
옷도 혼자 척척척.
세수도 혼자 척척척.
양치질도 혼자 척척척.

흐뭇한 듯 서운한 듯 매일 다르게 변하는 너.

요플레벌레, 과자벌레,
사탕벌레, 곰마벌레
싹 잡고 자자!

뿌염 시기

"아빠, 머리에 새가 똥 쌌어!"

그런 눈으로 쳐다보지 말아.
의미 없는 최저가 검색.

또 한 걸음
아싸다!

어빌리티

새로운 스킬 장착!
이것은 감동의 '콧물결'.

아쉬움과 대견함의 교차점

코를 푼다거나, 말을 한다거나, 걸음마를 떼는 경우처럼
아이가 훌쩍 큰 걸 보고 나름의 의미를 부여하는 순간들이 있다.
변기에 앉아 볼일을 보면서
'문을 좀 닫아 달라'는 아이의 말은
지금까지의 그것과는 사뭇 다른 느낌이다.
사람은 누구나 혼자 있고 싶을 때가 있긴 한데,
4살 아이의 프라이버시는 조금 섭섭하게 빠른 것이 아닌가 싶었다.

"아빠, 문 닫아줘~"

경험으로 배우는 것

먹어봐야 안다.
'진리'.

염력

상상력은 좋은 거다.

어깨 탈골의 위험

할 줄 아는 것을
함부로 자랑스럽게 선보이지 말 것.
그렇지 않으면 화를 면치 못할 것이라던
군대 고참, 회사 선배의 말씀을 듣고
영혼 없이 고개를 끄덕였던 나를 반성하는 하루였다.

연기력

출근할 때마다 아이와 힘들게 이별하며 지각을 면치 못했던 시기가 있었다. 울고불고 매달리는 통에 출근할 때마다 미안해서 코끝이 찡하던 날들이었다.

주말에 아내에게 자유를 선사하고 장렬히 전사할 생각으로 독박육아를 자처했다. 엄마가 외출하려고 하자 역시나 이번에도 아이는 내 출근길에 그랬던 것처럼 엄마 다리를 붙잡고 세상이 떠나가게 대성통곡을 한다. 그리고 곧 엄마 발소리가 들리지 않자 언제 그랬냐는 듯이 블록 쌓기 놀이를 시작했다.

그 모습을 보고 있자니 이상하게 기특한 마음보다 배신감과 아쉬움이 들었다. 어떻게 하면 엄마, 아빠가 서운하지 않고 자신의 감정을 전달할 수 있는지를 본능적으로 깨닫는 나이가 되었다는 뜻이다. 또 한 번 네가 성장했음을 확인했다.

그런 느낌

'저리다'는 말을 모르는
아들의 직관적이고 신선한 표현.
그 말은 아직 몰라도 괜찮다는 생각에
우리끼리 '반짝반짝'하기로 했다.

"아빠!
다리가 반짝반짝해."

세상의 중심

집에 오는 차 안에서 내내 창밖만 보더니,
불현듯 던진 자존감 넘치는 한마디.

"달님이가 여기까지 따라왔네?"

나도 너만큼

누워서 손가락, 발가락만 꼬물거리던 네가
스스로 목을 가누고, 몸을 뒤집고,
의자를 잡고 두 발로 일어나고,
누구의 도움 없이 뛰게 되었을 때,
그 경이로움은 한두 줄 문장으로 표현하기에는
너무 감격스러운 것이었다.

영원 같았던 그 시간도 지나서
어느새 이렇게나 자랐구나.

네가 자라는 만큼 나도 자랐다.

아이와 달리기 시합을 하면

승부욕에 불타서 꼭 이겨먹고,

말싸움을 하다가 진심으로 화가 나서

아이들을 상대로 삐치는 여전히 철없는

'나는 대한민국 99% 육아빠!'

04

나는
대한민국 99%
육아빠

진짜! 진짜?

오매불망 기다리던 첫 아이.
제 발로 찾아와준 둘째 아이.
흔한 출생의 비밀.
같은 단어, 다른 느낌.

'진짜?'

진짜!

진짜?

아~ 어쩌지?

성별 확인

1호기가 서운해하면 어쩌지?
2호기가 커서 나랑 결혼한다고 하면 어쩌지?
아… 나 닮았으면 어쩌지?

좀 더 크거든 괴롭혀라...

역시 다르구나

사공이 하나 더 늘었다.

천천히

아이들은 눈 깜짝할 사이에 큰다더니….
언제 이렇게 컸을까.
조금만 천천히.

사이좋게 힘들자

어렵지 않은 일

이유식 때부터는
진정한 사람의 냄새가….

옮기가
쉽지 않구나...

첫 경험

무슨 일이든 처음 할 때는 두렵고 설렌다.
아들을 키우면서 웬만한 건 다 경험했다고 생각했는데,
딸이 태어나니 또 다른 세계를 경험하게 된다.

두려움 반, 설렘 반.

거짓말

먹는 것만 봐도 배부르다는 말.

거짓말

진짜인 줄 알았네

윈윈

아이는 나 몰라라 하고 잠들어 있던
다른 아빠들을 따갑게 쳐다봤던 기억 때문인지,
나도 모르게 아주 잠깐 잠이 들었는데
쫓기는 꿈을 꾸었다.

같이 놀아줘야 하는데 미안해.
그런데 네가 잠시 같이 쉬어줄 수는 없을까?

아...
왜에...

만만찮다

이런저런 일로 유난히 지친 날,
퇴근하고 돌아와 아내가 해주는 저녁을 먹으면
그날의 스트레스가 해소된다.
그 시간이 소중하다는 걸 아내도 알기 때문에
아이들에게 티비를 틀어주곤 하는데,
1호기 아들은 잘 넘어가는데 2호기 딸은 만만치가 않다.
정말 먹기도 힘들고, 먹이기도 힘들다.

Hello Hello
너의 친구 카봇~ ♪

Hell. 로

변신만 수십 번째.
그만 나와라. 허리 휜다.

절박함

딸바보가 비자금이 있어야 하는 이유.

나중에 용돈으로 꼬시면 됨

같은 팀

블록을 쌓다가 둘째의 횡포에 첫째의 공든 탑이 무너질 때가 많았다. 동생에게 화를 내고 울어버리는 첫째에게 다시 하면 된다는 말을 꾸준히 해주었고, 언제쯤이었는지 첫째는 멘탈 강화에 성공해 둘째의 철거 활동에도 아랑곳하지 않고 다시 만들면 된다며, 동생에게 블록 다시 쌓기를 가르쳐주었다.

하지만 내 멘탈은 강화 실패.

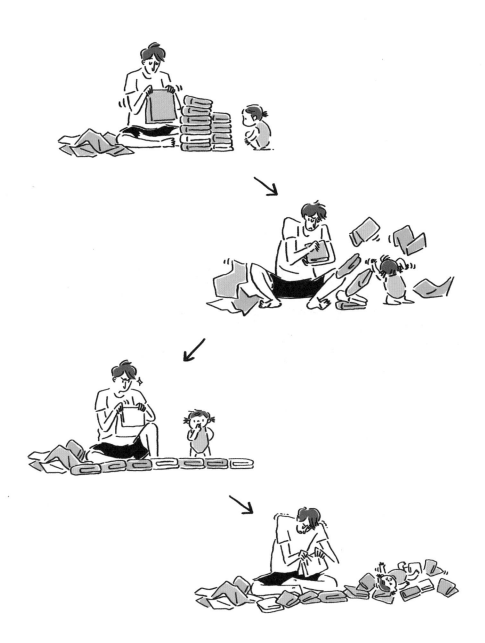

"아빠, 차가 딸꾹질을 해요!"

혼자가 아니라서
다행이다.

다행인가

토요일 오전에 아들과 함께한 문화센터.
전날 술자리의 숙취를 견디고,
또 다른 출근을 한 이 시대의 위대한 아버지들과
함께할 수 있어서 다행이다.

토요일 오전 술 내음 가득한 문화센터.

순수한 전통

큰아이가 밖에서 뭔가를 배워오기 시작했다. 내가 원하
든 원하지 않든 아이의 사회생활이 시작된 것 같은 느낌
이 들었다. 앞으로 더 넓은 세상을 배우게 될 텐데. 무슨
이유에서인지 조금 두렵기도 하고 걱정되기도 한다.
내가 바라는 것과 다르게 밝고 희망적인 것들로만
채워지지 않을 것을 알고 있기 때문이겠지.

그럼에도 한동안은 내내 이렇게 자라주기를.
밝게, 재밌게, 여전하게.

이렇게 먹어야
맛있지~!

욕심

"내 친구, 가지 마~!"

누구 주려고 닦아 놓으면 꼭 이런다.

난장판

그냥 한꺼번에 치울래.
엄마가 오면 기겁을 하겠지.
빨리 치우라고 닦달하면서 도와주긴 할 거야.
그러다 갓 구운 네일아트에 스크래치라도 생기면…
우린 망한 거야.

모든 것이
마음먹기에 달렸지

아이스크림

컵으로 먹으면 안 되겠니?

"아빠처럼
키가 엄~청 클 거야!"

마음을 담아서

가족이 늘어난다는 건 좋은 거구나.
편을 나눠서 무언가를 할 수 있으니.
비록 내 편은 없지만….

배달

사랑 표현보다 더 강력한
한 방의 마음 표현.

사랑 말고 줄 수 있는 것 중
가장 진한 마음.

산타가 따로 없겠지

내가 산 거라고!

"우와!
산타아저씨다!"

마트 나들이

빨리빨리 달라고.
급한 마음에 입에 넣고 달린다.
작게 오물거리는 입으로 직행하면

맵다고 '퉤퉤퉤',
뜨겁다고 '퉤퉤퉤',
샘통이다 '헤헤헤'.

동네 어귀의 아쿠아리움

동네 횟집

'우리는 언제쯤 횟집에서 단란하게
소주 한잔 주거니 받거니 할 수 있을까?'

산책만 나왔다 하면 반드시 거쳐야 하는 필수 코스.

너희들에겐 아쿠아리움,
나에겐 꿈의 장소.

보물찾기

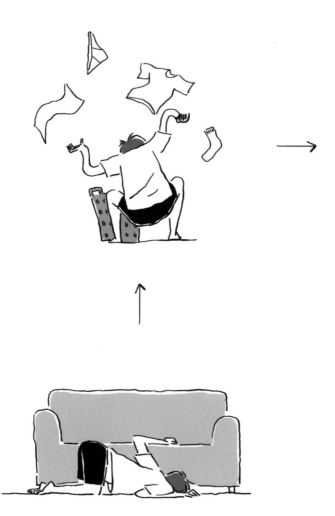

휴대폰 어디에 숨겼어!!!!!!!!!

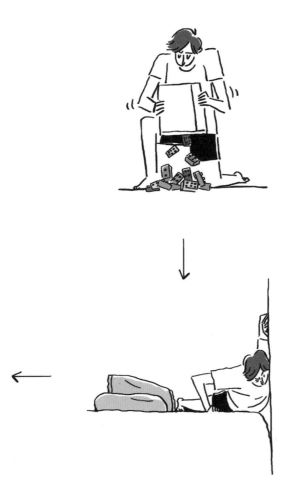

강제 다이어트

자연스러운 식욕 억제와 그리운 기저귀.

분위기 있는 저녁식사

자... 잠깐 !!!

얼음땡

"우리 얼음땡 놀이할까?"
전혀 못 알아듣는 눈치지만,
혹시나 하는 마음에 한 번 더 말해본다.

엄마는 외출 중.
큰놈은 취침 중.

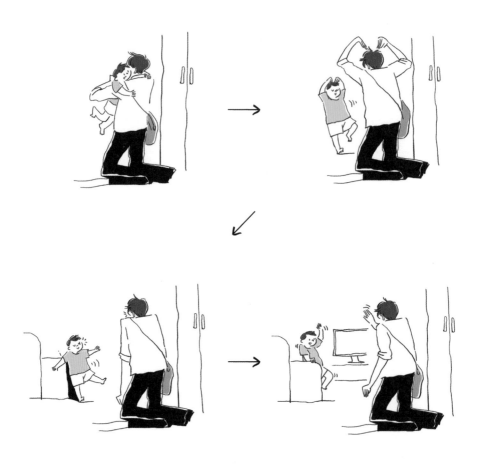

예상 못한 흐름

두 아이에게 아침밥을 먹이고, 큰아이의 어린이집 출동 준비를
마친 뒤에 어린이집 버스를 기다리면서 티비를 틀어주고 출근
할 때가 많다. 아침부터 고단한 아내의 짐을 조금 덜어주고자
고안한 방법인데, 언제부턴가 티비에 빠져서 출근 인사가 건성
이다. 안아주고, 하트도 날려주고, 뽀뽀를 하면서 눈이 티비에
고정되어 있는 아이를 보면서 뭔가 잘못된 것 같아 앞으로 티비
는 아빠가 출근하고 나서 틀어주기로 약속을 했다.

출근 독촉이 시작된 이유.

"괴물이다!!"

너 자신을 알라

어…

음….

뭐, 가끔?

생수에게

혼자 다녀올 수 있다고 단언했는데,
너는 왜 혼자 버티고 서 있지를 못 하니….

생수와 우유 그리고 계란 심부름.

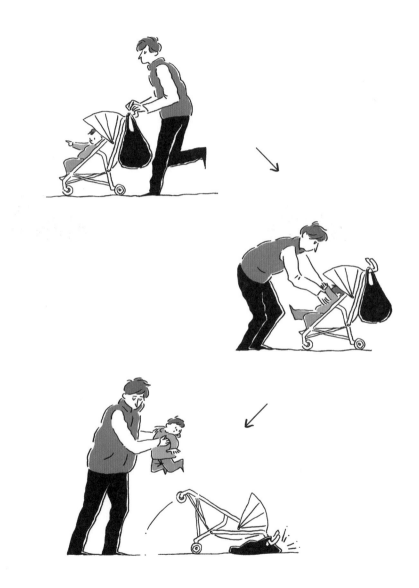

귤&딸기

껍질 까는 게 재밌는 모양이다.
딸기에 껍질이 없는 게 정말 다행… 아, 아니다.
그럼 나도 딸기 맛 좀 볼 텐데.
딸기가 무슨 맛이더라.

운동하고 왔는데…?

"아빠,
이제 같이 안 사는 거야?"

"감사하지?"

"암 그렇고말고"

임계점 돌파 시의 돌직구

식사시간에 다른 건 하지 말아야 한다는 교육 철학을 가지고 있지만, 가끔 하는 외식에서는 이 금기가 쉽게 무너진다. 식당에 준비된 유아 전용 의자에는 어른들이 모르는 아이들의 흥을 돋우는 장치가 있는 건지, 그 마성의 의자에 앉으면 아이들은 신이 나서 어쩔 줄을 모른다.

결국 아이들에게 휴대폰을 주고 나면 고요함이 찾아온다. 이는 나와 아내의 식사에 편안함을 주기도 하지만, 무엇보다 타인을 배려하기 위함이다. 아이의 집중력이 떨어진 순간부터 시작되는 다그침과 타이름, 밥을 어떻게든 먹이려고 할 때 나오는 숱한 잔소리와 짜증스러운 목소리를 기분 좋게 외식 나온 다른 사람들에게 옮기면서까지 지켜야 할 가치인가를 고민하게 된다.

내 아이의 교육도 중요하지만 타인의 즐겁고 맛있는 식사시간도 중요하다. 아빠가 되기 전에는 결코 몰랐을 현실과 절대 이해되지 않았던 것들이 이해되는 순간, 내가 경험하지 못한 것에는 쉽게 옳고 그름을 판단하지 말자는 또 하나를 배운다.

" 미안 미안 ~
 잘 지내지 ? "

동창회

연락처의 다양한 사람들을 고루고루 초대해 외계어 콘서트를 펼치고 있는 단톡방을 수습. 육아 때문에 자주 연락하지 못했던 사람들과 육아 덕분에 연락하게 되는 아이러니. 이것이 진정한 효도인가? 그나저나 잠금 해제는 어떻게 한 거니?

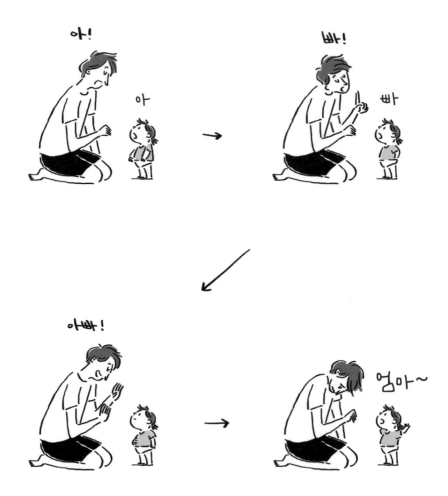

집착남

이쯤 되면
일부러 골탕 먹이려는
의도가 있는 게 아닌가 하는
생각이 든다.

동물원

여기 잠깐 앉아서
사람 구경 좀 하면 안 될까?

알람

머리가 아플 때 허벅지를 꼬집어
고통을 극복하는 것과 일맥상통.
숙취 따위는 가뿐하게 잊게 만드는
머리카락 뽑기와 눈알 찌르기.

숙취해소에 적빵!

부부싸움과 로봇놀이

나쁜 남자

나만 나쁜 놈.

인내는 쓰고 출근은 달다

요즘 부쩍 산만해진 1호기와 1호기를 무조건 따라 하는 2호기의 컬래버레이션 덕분에 매일 아침 인내심 트레이닝이다. 자꾸만 시계를 쳐다보며 엉덩이를 들썩거리는 나를 보는 아내는 이미 해탈의 경지에 이른 듯도 하다.

밥 먹이다가
　　성불하겠네

왕좌의 게임

몸은 낮은 곳으로 내려가는데,
마음은 위로 떠오른다.

칼퇴하기 좋은 날

해가 길다. 오랜만에 칼퇴 후 집에 오니 아들이 킥보드를 타러 나가자며 저녁을 먹는 내내 멱살잡이다. 출퇴근길에 걷는 걸 제외하면 움직이는 일이 도통 없으니 운동도 할 겸 주섬주섬 킥보드를 챙겨 나간다. 마치 오늘이 마지막인 것처럼 운동장을 뛰어다니는 아들을 보고 많이 놀아주지 못해서 미안한 마음이 든다.

오늘은 무조건 져줘야지 결심했는데, "준비 땅!" 하자마자 솟구치는 승부욕은 도대체 어디서 나오는 걸까? 결국 눈물 몇 방울 보고 나서야 정신이 든다. 열심히 뛰었으니 체중이 좀 줄었을 거라고 스스로 위로하며 집에 돌아와 마시는 시원한 맥주 한 캔. 왠지 어제보다 오늘 더 철없어진 것 같지만, 오히려 아이와 눈높이가 더 맞춰진 거라고 믿는

나는 '대한민국 99% 육아빠'다.

이 세상에 반복해서 하는 일인데도

능숙해지지 않는 게 있다면

그건 바로 아이를 키우는 일이다.

어제보다 오늘 더 힘들지만,

어제보다 오늘 더 행복한 일.

그래서 나는 오늘도 집으로 출근한다.

그렇게
아버지가 된다

퇴근

출근인 듯 출근 아닌 퇴근하는 나

여느 때처럼 아이와 힘들게 작별 인사하고 출근을 하는데,
아내에게 문자가 왔다.
"그렇게 뛰다가 넘어지면 크게 다친다."
지각도 아닌데 왜인지 모르게 너무 뛰었다.

퇴근하듯 출근하는 아침.

퇴근인 듯 퇴근 아닌 출근하는 나

오랜만에 칼퇴근을 했는데,
이상하게 일이 남은 듯 발이 떨어지지 않는다.
기분 탓인가?

출근하듯 퇴근하는 저녁.

이것도 예쁘고
저것도 예쁘네.

'작년에 신던 거 신지 뭐….'

마음먹고 나간 쇼핑 결과물은 항상 너희들 것만.

빨리 자라고
닥달해놓고 ...

또
·······

사진으로 보고 있네.

Good father.

너희의 흑역사

스키장에 가서 눈썰매만 타고 오는 사람들이 있다는 것을 그 사람들 중 한 명이 되고 나서 알았다. 뒤따라가는 아빠는 신난 표정으로 사색이 된 아이를 영상으로 담기 바쁘다.

자전거를 팔고
        카메라를 샀다.

괜찮아

'나의 것'이 줄어갈수록

'우리 것'이 늘어나니까.

역시 사진은 장비발인가?

장비보다 마음

총각이었다면 감히 엄두도 못 낼 비싼 카메라를 샀다. 역시 사진은 장비발인가? 찍는 것마다 예술이고 버릴 게 하나도 없다. 비록 사진 속에 나는 없지만, 진짜 좋은 사진은 사진가가 모델을 얼마나 사랑하느냐에 따라 달라진다고 하니 역시 버릴 사진이 하나도 없다.

"이제 두 마리 사갈게"

깨달음

아버지는 월급날이 되면 시장에 들러 은박지로 싼 통닭
을 사오시곤 하셨다. 가끔 나를 데리고 통닭을 사러 가
실 때도 있었는데, 조각난 닭이 담긴 파란색 바가지에
밥주걱으로 덜그럭거리며 반죽을 묻히고는 기름 안으로
와글와글 들어가던 닭의 자태가 아직도 선명하다. 그때
는 잘 몰랐다. 왜 통닭을 먹기 전에 밥을 먼저 먹었는지.

사소한 일상이 나를 철들게 한다.
아버지가 되니 아버지를 알겠다.

언젠가는

너도 나처럼.

아버지를
돌아볼 나이

존재

네가 나중에 자라서 나에게 효도를 할 거란 기대는 하지 않아.
건강한 것, 잘 웃어주는 것, 나와 함께 놀아주는 것, 밥 잘 먹는 것,
다치지 않는 것과 같은 엄청난 양의 효도를 이미 하고 있거든.

언젠가 너는 내가 없어도
너의 인생을 잘 헤쳐 나가며 살아가게 되겠지.
그리고 나 역시 그 모습을 보면서 너와 따로 살아갈 날이 오겠지.
나는 아마 내가 꿈꿨던 아빠의 모습으로 늙지 않아서
네게 많이 미안할 거야.

하지만 너는 그 '존재'만으로도
내가 꿈꿨던 것이니 건강하게만 자라줘.

넌 장난감 없으면 못 살겠지?
난 너 없으면 못 살 것 같은데...

조금 더 나은 세상에서
살게 해주고 싶은 마음으로...

너의 미래를 위해

점점 힘들어지는 세상에 너희들이 어떻게 살게 될지 모르겠다.
다만 조금 더 좋은 세상에서 살았으면 좋겠다. 그 좋은 세상을
만드는 다른 방법을 나는 모른다.

이것은 어쩌면 내가 너를 위해 해줄 수 있는 가장 큰 일.

"아빠,
검은 친구가 자꾸 따라와요!"

나도
그럴 수 있었으면
좋겠다

평생 너한테 안 떨어질 걸~.

우산

쓰레기를 챙기다 보면….

'우산 챙겨야지'라고
생각했는데 ...

하루 끝

오늘도 폭풍 같은 하루였겠구나.

감동 찾기

엄마에게 비할 바는 아니지만
아빠의 육아에도 깊은 고뇌와 피곤함,
심리적 압박과 수많은 인내의 한계들이 존재한다.

그리고 그 사이사이에
반짝거리며 스쳐가는 소중한 순간들이 있다.

나를 살게 하는 순간들.

아버지의 러닝샤쓰

부모가 돼야 비로소 부모를 이해한다고 하더니,
나 때문이었나?

내가 범인이었나...

네가 언제나 웃을 수 있게

그늘

앞으로 살아갈 날들에
어쩔 수 없이
찌푸려지고 힘든 날이 찾아오겠지만,
내가 할 수 있는 한 끝까지
너에게 그늘막이 되어줄게.

너도 화이팅!

"아빠, 화이팅!!"

그 어떤 값비싼 선물보다 값진 너희의 생일 축하!

근데 내 생일 맞지…?

하고 싶은 말

유난히 지치고 힘든 날.
어서 집에 돌아가 시원한 맥주 한 잔 하고 자고 싶은 그런 날.
현관문을 열자마자 들려오는
아이의 재잘대는 하루 일과는
'그래, 다 괜찮다'라고 말하는 것 같다.

이상적인 가족

어릴 적부터 꿈꿨던 나의 가족.

좋아하는 것을 함께 보고 즐길 수 있는 아빠.

함께하는 것만으로도 웃음이 떠나지 않게 하는 아빠.

너희에게 언제나 어깨를 내어줄 수 있는 든든한 아빠.

그리고 묵묵히 우리를 뒤에서 바라봐주는 엄마.

인생의 무게

네가 힘들 때 나도 같이 힘들게.

돌아보기

아이에게 왜 그러냐고 묻기 전에
나 자신에게 '왜 그랬던 걸까?'라고
질문하는 게 맞는 것 같아서 아무 말도 하지 않았다.
아이의 이해할 수 없는 행동들은
내가 아이였을 때 이미 했던 행동들이었다.

잠깐만 돌아봐도 너를 더 많이 이해하게 된다.
굳이 묻지 않고, 답하지 않아도
서로 더 깊게 이해할 수 있기를.

힘을 내요

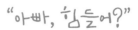
"아빠, 힘들어?"

1.

2.

"아빠, 힘들다!"

5.

6.

3.

"응. 아빠 힘들어!"

4.

"아빠, 힘내!"

7.

"응. 아빠 힘낼게!"

fin

세상의 중심

너를 안고 손을 잡으면,
우리가 세상의 중심이 된 듯한 기분이 든다.

세월

나도 그렇게 아버지가 된다.

인생의 두 번째 이름인 '아빠'도 좋지만,

그래도 가끔은

첫 번째 이름만 갖고 살아가고 싶은

대한민국 100% 표준 남자!

And

나는 여전히
자유를 꿈꾼다

'과학'적으로 자고 싶다.

과학

나날이 몸이 뻐근하고, 아침에 일어나기 힘든 건 왜일까?

나도 '에이스'에서 잘 줄 아는데…
우리 집 '에이스'는 내가 아닌가 보다.

네가 온다는 소식에
그 많은 계단을
한달음에 올라왔는데...

"전 역을 출발하였습니다."

방송 한마디와 한 줄 문장 때문에
미친 듯이 내달렸는데,
이럴 거면 기다리지 말고 그냥 가지 그랬어.

지옥철에 약냉방칸이라니.

아무 말 대잔치

오후 2시.
고요한 사무실 안에 퍼진 졸음 바이러스를 물리치고자
옥상에서 만난 옆자리 유부남과의 일상 대화.

잘 찾아보면
있을 텐데...

뭐요?
야근이요?

아니, 타임머신

내 마음

"오빠 마음대로 해."
"오빠 하고 싶은 대로 해."
"오빠 마음이지 뭐."
"오빠 알아서 해."

알고 보면 다 같은 뜻이다.

"집으로 갈게.

안 가도 될 것 같아."

공포

오랜만에 야근을 하는데 날씨가 을씨년스럽다.
천둥번개가 치고 비도 쏟아지고,
나밖에 없는데 자꾸 주변을 두리번거리게 된다.
가뜩이나 집에 빈손으로 들어가야 하는데…
무섭다.

결혼기념일

야근이 체질인 것 같긴 한데...

야근

집으로 출근하면 몸이 고되고,
회사로 퇴근하면 마음이 고되고,
회사에서 야근하면 몸과 마음이 함께 고되다.

유부들의 경쟁심

누가 누가 더 오래됐나
웃으며 떠들다가,
이번 달은 아직이라는 친구도
올해 들어 아직이라는 친구도
일동 침묵하게 되었다.

"우리 막내가 네 살이니까…"라며
뭔가를 계산하던 친구

진지한 조언

"제수씨가 조리원에 가거든."

" 시간을 허투루 보내지 말라고...
마지막일 수도 있어. "

숙취와 실세

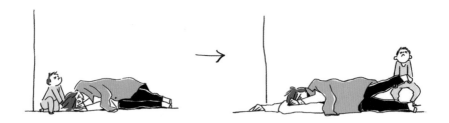

사회생활에 필요한 술 약속은 이해하지만,

숙취와 피곤함에 대한 자비는 없다.

빨리 재우고
영화도 보고
게임도 해야ㅈ____.

실패

밀린 드라마와 다운받아놓은 영화들과 결제와 설치까지 끝낸
게임을 기대하며 아이들을 일찍 재우기 위해 함께 침대에 누웠
다. 아이들을 등지고 휴대폰 조명의 밝기를 어둡게 한 뒤 아이
들이 잠들기만 기다리면 된다.

'영화를 먼저 보고 게임을 할까. 게임을 하고 영화를 볼까.'
하루 중에 가장 설레는 시간인데, 아이들이 좀처럼 가만히 누워
있지 않는다. 여기서 나까지 뒤척이면 끝이다. 코 고는 척을 하
자 1호기가 내 눈이 감겨 있는지 확인하려고 눈앞에 손을 갖다
댄다. 잽싸게 휴대폰을 끄고 눈을 감았다.

그리고 아침이 되었다.

그냥 구경만 하는 거야.
구경만!

선택권을 달라

'이 정도는 괜찮잖아'라고 중얼거리며 딴 데 볼 때까지 기다렸다가 최대한 음료수처럼 생긴 걸로 두어 병 담아본다.

분수에 안 맞는 신발도
물려주자는 핑계로

위대한 유산

분수에 맞지 않는 고가의 잡화류를 살 때에 '물려준다'는 말은 전혀 설득력이 없고, 그저 자기합리화라고 생각했다. 내가 설득력이 없다고 느끼는 것을 상대방이 타당하다고 주장하니 대화가 안 되는 것은 당연하고, 이 때문에 싸우기도 많이 싸웠다.

어느 날 우연히 '고급스러운 빛깔에 솜털처럼 가벼울 것 같은 몸체, 마치 나를 위해 이 세상에 존재하는 것 같은 잡화류'를 발견한 후, 더 이상 싸우지 말고 내 것도 하나 사는 것이 남는 거라는 걸 깨달았다. 늦게나마 인생의 진리를 깨달아서 다행이다.

단 카드값 나가는 날은 전쟁 보장.

기브앤테이크

다음 주말을 위한 밑밥.

숨바꼭질

짬짬이 쉴 수 있는 놀이.

독서, 게임, 음악감상, 미드,
사색, SNS, 팟캐스트, 영화...

며칠 전부터 보려고 휴대폰에 담아뒀던 영화,
지인에게 선물 받은 책,
요즘 젊은이들 사이에서 유행이라는 음악,
보기 시작하면 밤을 지새우는 미드,
뉴스보다 재밌는 팟캐스트,
세상 이야기를 가장 먼저 알 수 있는 SNS,
총각 때 시간 가는 줄 모르고 했던 사색까지.

칼퇴근에 신이 나서 뭐부터 해야 할지 고민하는데…
오랜만에 찾아온 자유 시간에 빈자리는 치명적이다.

"저쪽에 동물이가 있어!"

동물의 왕국

여기에도 한 마리가 있네?

욕심은 끝이 없다

얼마만의 꿀잠인가?
개운하게 극장을 떠나면서
누워서 보는 극장은 없는지
검색했다.

Fantasy

판타지

친구에게 전화가 왔다. 총각 때는 거의
매주 붙어 있다시피 한 친구였는데, 서로
가정을 이루고 아이를 키우다 보니 여유
가 없어서 만나기 힘든 친구였다. 목소리
가 한껏 들떠서는 와이프가 친정에 갔단
다. 총각 때 자주 가던 단골 술집에서 만
나자며 신이 나서 어쩔 줄을 모른다.

친구야, 미안.
네 와이프는 친정에 갔을지 몰라도
내 와이프는 집에 있어.

잘못된 과학 발달

여러모로 옛날이 참 좋았지.
도대체 왜 생겨난 거니,

래시가드.

꿈
......

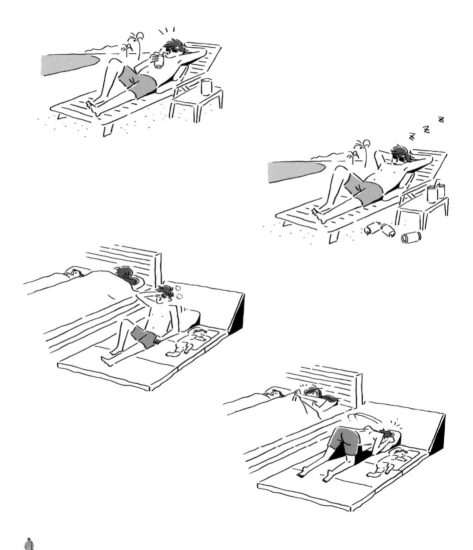

어느 깊은 여름밤 잠에서 깨어난 남편이 울고 있었다.
그 모습을 본 아내가 기이하게 여겨 남편에게 물었다.

"군대 가는 꿈을 꾸었느냐?"
"아닙니다."
"셋째 낳는 꿈을 꾸었느냐?"
"아닙니다. 달콤한 꿈을 꾸었습니다."
"그런데 왜 그리 슬피 우느냐?"
남편은 흐르는 눈물을 닦아내며 나지막이 말했다.
"그 꿈은 이루어질 수 없기 때문입니다."

오늘도 이루지 못할 꿈을 꾸는
나는 '대한민국 100% 표준 남자'다.

엄마는 모르는
아빠의 리얼 육아 스토리

집으로 출근

펴낸날 초판 1쇄 2017년 1월 11일

지은이 전희성

펴낸이 임호준
이사 홍헌표
편집장 김소중
책임 편집 안진숙 ┃ **편집 1팀** 윤혜민 김수연
디자인 왕윤경 김효숙 정윤경 ┃ **마케팅** 정영주 권소회 김혜민
경영지원 나은혜 박석호

인쇄 (주)웰컴피앤피

펴낸곳 북클라우드 ┃ **발행처** (주)헬스조선 ┃ **출판등록** 제2-4324호 2006년 1월 12일
주소 서울특별시 중구 세종대로 21길 30 ┃ **전화** (02) 724-7635 ┃ **팩스** (02) 722-9339
홈페이지 www.vita-books.co.kr ┃ **블로그** blog.naver.com/vita_books ┃ **페이스북** www.facebook.com/vitabooks

ⓒ 전희성, 2017

ISBN 979-11-5846-139-3   03810

• 이 도서의 국립중앙도서관 출판예정도서목록(CIP)은 서지정보유통지원시스템 홈페이지(http://seoji.nl.go.kr)와
  국가자료공동목록시스템(http://www.nl.go.kr/kolisnet)에서 이용하실 수 있습니다. (CIP제어번호 : CIP2017000294)

• 북클라우드는 독자 여러분의 책에 대한 아이디어와 원고 투고를 기다리고 있습니다.
  책 출간을 원하시는 분은 이메일 vbook@chosun.com으로 간단한 개요와 취지, 연락처 등을 보내주세요.

북클라우드는 건강한 마음과 아름다운 삶을 생각하는 (주)헬스조선의 출판 브랜드입니다.